이희숙 시집

실버타워 사람들

백오십세 인생, 그 아련한 시간여행

한누리미디어

국립중앙도서관 출판예정도서목록(CIP)

실버타워 사람들 : 백오십세 인생, 그 아련한 시간여행 : 이희숙 시집 / 지은이: 이희숙. -- 서울 : 한누리미디어, 2017
p. ; cm

ISBN 978-89-7969-757-5 03810 : ₩10000

한국 현대시 [韓國現代詩]

811.7-KDC6
895.715-DDC23 CIP2017022004

제 1 부 기억

차례

제2부 또, 기억

제3부 다시, 기억

차례

제4부 또 다시, 기억

제 1 부

기억記憶

기억 · 1

가곡교실에서
'마신행' 이라 호명할 때
잠깐, 팔십년 전 의주공립보통학교 때
부르던 그 이름이 귓가를 스친다

'너 마신행 맞지' 하는 순간
'김영실'
의주에서 헤어졌던 두 사람의 재회다
어떻게 삼팔선을 넘어왔니?

깁스한 발로 못나오겠다 하여도
처음 오면 신고를 해야 해
'어릴 때 교실에서 같이 불렀던
무슨무슨 노래 알지 불러봐–'

여태껏 살아있다는 장수의 복福과
실버타워에 들어와 살 수 있다는
아름다운 재회에 박수를 보낸다
이제 백오십 수壽하세요

기억 · 2

코가 꼭 닮은 할머니와 젊은이
식사 후 할머니들께 커피 시중 들어주기에
아들이냐 물으니 미국에서 온 사위란다

키가 작아 못마땅해 하였던 할아버지께
할머니 왈! 공부 잘하고 착하다며 친구아들을
당신이 사위 삼지 않았느냐 하였단다

할머니는 외국의 무슨무슨 대학
젊은 사람이 들어도 생소한 단어인데 잘도 기억한다
젊어서는 키 크고 잘 생기면 최고인 줄 알았는데

옆에서, 늙어서는 뇌미인이 최고라며 구십삼 세 된 분은
칠십 세부터 배운 피아노 연주회가 벌써부터
떨린다며 소녀같이 수줍어한다

기억 · 3

가곡교실에서 '옛 동산에 올라' 를
고운 음색으로 두고 온 고향 생각에
'산천의구란 말 옛 시인의 허사로고' 라 부르더니

이번에는 피아노 연주회가 있어 갔다
거기다 베토벤 소나타 월광을
곡을 외워서 연주한다

오십대 젊은 연주자는
그 열정적인 연주에
친정엄마 생각으로 울먹인다

발표회 끝나고 복지관 관장님이
만나자기에 같이 갔더니, 남몰래 낸
불우이웃성금 패 전달식도 함께 가졌다

뇌미인은 역시 달라…

기억 · 4

매일 수영을 하는 할머니
오늘은 옆 친구와 이야기하는 도중
강남에 빌딩을 지어 아들이 관리한다며
손자 결혼한다고 일억을 주었단다

게이트볼로 하루를 맞는 깡마른 박묘남 님
자녀들에게 넘어가기 전 수속이 간단할 때
병환에 있는 남편을 설득시켜
철원에 노인병원 짓는 데 땅을 기증했단다

경찰관 남편을 지켜보면서
대민봉사, 불우한 이웃돕기
수필을 쓰고 그림을 그리고
평생교육원에서 강좌를 듣는 멋진 할머니

불교에서는 너와 나의 만남은
수억만 분의 일 인연이라며
그곳에서 토속된장, 간장을 보내온다며
오늘은, 봉고차가 온다고 같이 가잔다

기억 · 5

삼백여 명이 함께 사는 이곳
비록 몸은 쇠약해졌지만
정신은 꼿꼿하게 대쪽 같은 어르신들
아직도 합창단 이끄는 팔십칠 세인 지휘자

안경도 끼지 않고 악보를 보며 '그리워' 를 부르는
구십 중반의 할머니 왈!
6.25전쟁을 겪은 나라에서 노벨문학상 하나
받지 못한다며 문인들을 원망한다

과거의 부귀영화 먹고 사는
실버타운의 어르신들
아침 스트레칭 구령에 따라
하나 둘 덩실덩실 오늘도 춤춘다

기억 · 6

매일 식당에서 만나면
그녀에게 꽂힌 한 마디 말
'육사 8기생 남편'

변호사 둘째딸이 엄마 배려하여
슈퍼에 부탁하고 간 풍성한 간식거리 이야기
사남매 두었다며, 내게 몇 남매냐 묻는다

어제도 오늘도 만나면, 살맛나는 그 이야기
옷만 바꿔 입어도 다른 사람으로 보이는
할머니의 눈은 언제나 새롭다

놓치고 싶지 않는 추억의 실타래
오늘도 태엽을 돌리며
어제를 먹고 사는 사람들

기억 · 7

동창들끼리 만나 세상사 이야기하다
끝내는 자식들 이야기로 돌아간다

아들놈 셋이서 세뱃돈을 내놓는데
둘째보다 형편이 나은 첫째의 봉투가 얇단다
셋째는 아버지 가오* 빠지면 안 된다며
언제나 넉넉하게 준비한단다

또 한 친구 둘째 딸은
'아버지' 친구들과 고스톱하라며
오만원이 든 봉투를 내놓는단다

받아든 부모는 제각각
그 십 배를 돌려준다는 이야기

삼십 배 육십 배 백배로
되갚아주시겠다는
예수님의 말씀이 거기 있었다

*가오 : 얼굴의 일본말

기억 · 8

팔십칠 세의 전직 육사 출신 어르신
발그레한 윤기가 흐르는, 얼굴에 잡티 하나 없다
본인이 안내를 하겠다며
올여름 인도양 어느 섬에 여행가자 한다

안경 없이도 잡지를 읽고
매일 런닝머신 위에서 달린다
칠십에 부부는 배낭 하나 메고
145여 개국을 순례객 되어 떠돌다
팔순 생일을 유스호스텔에서 젊은이들과 함께한
"인생은 고뇌하고 여행은 노래하고"
여행기를 책으로 내었다

내년 여름엔 말레이시아 캐머런 휴양지를
안내하겠다며 같이 가자 한다
칠십 중반 노인의
매일 술타령을 보며
아직 알라*다 하며
인생은 칠십부터란다

*알라 : 어린아이의 경상도 사투리

기억 · 9

투석하며 하루하루 연명해 가던
팔십도 훨씬 넘은 S대 약대 출신 할아버지
부인이 외출한 사이 간병인 가슴에 안겨 갔다

장례를 치른 후
천국에 보냈다며 편안한 모습이더니
할머니 얼굴이 많이 수척해 있다

가곡교실도 좋은 시낭송도 모두 시들하다 한다
세월호 참상을 본 지가 엊그제 같은데
이곳 어르신들 평균 나이는 팔십 중반이다

못다 핀 꽃들과 몽땅 바꾸어도 좋으련만
수명은 각각의 몫이니
억지 욕심은 아니나 걱정이다

기억 · 10

주말이면 붕어빵 두 아들이 교대로 찾아와서
구십 넘은 어머니와 식사를 같이 한다
바쁜 세상에 찾아오는 효자 아들 두었다며
모두들 부러워 한 마디씩 한다

할머니 왈, 남편이 없어 불행하단다
올봄에 119에 실려 가면서 할머니 손잡고
고맙다 하며 할아버지는 가셨다
사람의 욕망은 어디까지일까

바다 속 실종 아이들 구하려 물속에 뛰어든 잠수부
헬기 조종사, 화재 현장에서 한줌 재로 떠난 소방관
남편을 보내고 눈물로 자식 키우는 여인들이 얼마나 많은데
듣다 못해 '할머니 나이에 남편 타령할 때요?'

매일 아들 딸 몇이나 두었냐? 하는 할머니가
손가방 만원짜리 깎지 않고 샀다니 핀잔 준다
식당에서 매번 물을 떠가며
내 돈 다 냈는데 왜 못 가져가 당당하다

기억 · 11

수영장에서 만난 얌전한 할머니가 혼자란다
일찍 사별한 사람은 재생할 기력이 있는데
늙어서 혼자 되니 재생할 시간이 없단다

세월호의 많은 젊은 희생을 보라니
본인은 살아온 만큼 잊는 것도 어렵단다
저들은 짧은 기간을 살아서 잊는 것도 쉽다고 한다

어찌 부부연이 기간의 짧고 긴 것에 견줄 수 있으랴
나이 들면 인정의 샘도 메말라 버리는지
어려움 없이 평생을 살아온 저들이

어찌 남의 아픔을 알 수 있으랴
눈물의 빵을 먹어 보지 못한 자者와
인생을 논하지 말라 하지 않았던가

실버타워의 하루하루 풍경

기억 · 12

소방차 소리가 요란하다
또 어디서 불이 났나 보다 하였는데
바로 이곳으로 왱왱 달려온다
가는귀가 먹은 서 할머니 집이란다

평소에 누구의 도움 없이도
혼자서 잘 살아가는 분이다
딸이 독일에 산다기에 외로울 거라
식사시간에 한 번 모신 그 할머니다

만나도 미안해 할까 봐 모른 척하였더니
먼저 몰랐느냐 한다
많은 대답에 지쳐 있을 텐데, '알고 있었다'
대답하고는 못내 걸린다

기억 · 13

서울 글로리아 합창단 최초의 지휘자
노블레스 합창단 이끄는 팔십칠 세 이경선 권사님
오늘 엘리베이터에서 포도주 언제 떠야 되냐 물으며
열흘만 있으면 백일이다 한다

매실 엑기스에 포도주 담으면
맛이 참 좋다 하였더니
본인도 포도 한 상자만 담겠다
하며 날더러 보아 달랬다

요 며칠 하루 종일 교회일로 바쁘다기에
허리도 아픈데 쉬엄쉬엄 하라 했는데
오늘 찜질방에서 갑자기 돌아가셨다
영면永眠 3일 후 미국에서 아들이 왔다

10일이 그리도 먼 날이었던가?
포도주 맛도 보지 못한 채 두고

기억 · 14

구십이 세 오 할아버지
점심 잘 잡숫고 사우나까지
마치고 깨끗하게 하늘나라 가셨다
새벽기도 드리는 권사님 덕분일까?

나는 울지 않는다 하던 스마일 할머니
할아버지 가시고 나니 힘이 하나도 없단다
먼저 간 젊은 사람들 보라며 다독여 준다
내 손에 가시가 저리도 아프다니!

오늘 미사집전 때 신부님이
지금 여러분 소원이 뭐냐기에
'잘 죽는 것' 이라 했더니…
옆 사람이 아직 아닌 것 같단다

죽는 데도 순서가 있으면 마음이나 편할 텐데…

기억 · 15

스마일 권사님
할아버지 가시고 그래도 잘 추슬러
스트레칭 매트리스도 변함없이 깔아놓고
가요 발표회에서 씩씩하게 노래 부르더니

사람들을 만나면 '있을 때 잘해라 한다'
겉으로 보기엔 아무렇지도 않기에
나이 들어 사별은 빨리 잊어버릴 수도 있구나 했다
언제나 하던 대로 우리를 친밀하게 대해 준다

화답을 하니 본인 얘기만 하고
동문서답이다 가는귀를 잡수셨나?
한쪽 날개를 잃으니 몸속의 모든 세포가
삶의 기억도 흐리게 하나 봐

기억 · 16

보름달이 떠오르기 전
한바탕 마중춤을 춘다

이제 놓을 수도 있으련만
끈 놓을 수 없는 자식 걱정

마지막 소원 담은 풍선 등燈을
날려 보내며 저승길 마중춤 추어 본다

환한 달빛 아래서
허리 구부정 마중춤을 춘다

기억 · 17

언제나 말이 없는 하얀 머리 소녀 할머니
혹시, 정신이 없나
무심코 보아왔는데

실버카 자가용 세워두고
옷매무새 고친다
갸름한 얼굴에 저승꽃이 피었다

블라우스 칼라를 내었다 넣었다
검버섯 주름살은 던져둔
거울 속 십팔 세 소녀

추억을 먹고 사는 하얀 머리 소녀
'할머니' '할머니' 라 불리우나
거울 속에선 청춘이라 외친다

기억 · 18

밤새 안녕이라더니
두어 달 모악산에 있다 왔더니
네 분이나 떠나셨다

팔십팔 세였던 소아과 원장님은
얼굴에 잡티 하나 없는
십팔 세 소녀 같은 분이었다

목욕탕 끝나고 나오면 부인을 기다리는
서울대 의대 내과 교수였던 깡마른
부인보다 훨씬 작은 남편

동물의 세계에 암컷이 수컷보다 크듯
사람이 늙으니 점점 작아져
꼭 암수 한 쌍이 노니는 것 같았던 두 분

태평양전쟁과 육이오를 다 겪었다는
살아있는 전설 같았던 그 분
갑작스런 대장파열로 구급차 안에서 가셨단다

남의 몸속은 들여다보아도…
인명人命은 재천在天이네

기억 · 19

일 년 전에 건강한 모습이었던 분들이
어느 날 간병인 의지하고 걷는 모습이 믿기지 않는다
'마담포라' 창립자는 지금도 피부가 백옥 같다
맛있는 떡을 나눠주며 동생들과 조카들이
생일축가를 불러주었는데…

'가고파' 를 멋지게 부르던 장로님
이대 영문과를 나왔다는 할머니는
어느 날 입을 오물오물한다
목욕탕 물을 세숫물인 양 착각하여
머리를 감는다

차례도 아닌데 저벅저벅 걸어 나와
노래를 부르겠다는 박 장로님
'오— 솔레미오' 를 원어로 잘 부르던
류 사장은 알콜성 치매란다
모두가 그 음색이 아깝다 한다

올라가지 않아 입모양만 올리며
'고향생각' 을 힘들게 부르던 곽 할머니
모두가 좋지 않은 일들은 기억하지 않으려는
하루에도 믿기지 않는 일들이 수없이 일어난다

기억 · 20

키가 유난히 큰 할아버지
두 손에 지팡이 집고
기우뚱 기우뚱 걸어온다

걱정되어 실버카로 하라 하였더니
밖에 나갈 적엔 밀고 다니는 게 불편하다며
저 몸으로 복지관에 매일 간다

며느리가 물건을 사서 쌓아두고 낭비가 심하여 나무랐더니
시아버지와 같이 살 수 없다 하여 이곳에 입주했다
아직도 서슬이 퍼렇다, 간혹 아들만 찾아온다

제사 때 형광등이 이렇게 밝은데
촛불 켜지 말라 화재위험 있다 하시던
대신동 할아버지 음성이 귓가를 스친다

오늘날 우리가 밥 먹고 살 만한 게 누구 덕인데…

기억 · 21

얼굴엔 언제나 무표정인 할아버지
간병인이 하루 여섯 시간씩 돌본다
점심식사가 끝나갈 무렵 내려와
커피를 챙겨주고 같이 간다

할아버지는 달력에 표시를 해 가며 의무식을
한 끼도 빼먹지 않고 챙긴단다
토지보상금을 보이스피싱 당해 잡고 보니
딸이었단다

언제나 있는 듯 없는 듯 조용하다
야외 관람 갈 때도 간병인이 따라간다
앗! 탁구장에 가 보니 탁구를 치고 있다
실눈사이로 하얀 공이 탁탁 튀어 오른다

이년 전에 만났을 때 건강했는데
풍이 온 사람, 치매가 온 사람, 갑자기 떠난 사람
늙은이는 바람 앞에 가랑잎이다
허깨비다…

기억 · 22

목욕탕 평상에 앉아서 언제나
로선을 바르고 또 바르는 칠십대 중반의 입주자는
바르는 수준이 아니고 그 큰 덩치에
페인트칠을 한다, 아니 떡칠을 한다

몇 번을 좋게 말하다, 공동으로 써야 하니
제자리에 갖다 두라 하였다
관리비에 다 포함된 거라며
못 들은 척 안하무인이다

선심을 쓰며 서로 등에 문질러 주는 사람
아예 거들떠보지도 않고
본인 것을 가져와 바르는 사람
제각각인 사람들이 모여서 살아간다

기억 · 23

딸과 손자를 캐나다로 이민 보내고
안방까지 내주어 사위 건사하며
한 가지 반찬 해놓고 쉬었다 또, 한 가지
오후부터 부엌을 기어다니며 저녁 준비하던
구정애 형님

눈이 매서워 사위 옷까지 코디해서 내보내며
넓은 집 할아버지 청소시켜 가며
파출부도 부르지 않던 깔끔이 형님
여고 때 규율반장이었던 완장 찬 사진 보여주며
젊은 엄마들 틈에서도 꼬마대장이던 할머니

이제 그 깔끔이 내려놓고
긴 통나무 화분을 미장원에 준다
아파트 수영장에서 만나면 얼굴은 보이지 않고
형체를 보고 너인 줄 안다 하더니
이젠 눈이 흐려 할아버지와 외식을 한단다

형님 모두 부질없죠
남이 한 음식이 성에 찰까만
제발!

성에 차지 않아도
다 내려놓으세요

제2부

또, 기억記憶

기억 · 24

새로 입주한 할머니, 머릿결이 유난히 곱다
내가 키우던 치와와 털같이
윤이 자르르 흐르는 숱이 많은 할머니

꼭 닮은 분과 시네마 홀에 내려간다
'히말라야' 를 보고 엘리베이터에서 만났다
그들은 여고 동창생이란다

저 나이에 저렇게
같이 살아갈 수 있다는
것만으로도 얼마나 행운인가

이름도 아련한 중학교 동창생 '김순선'
언제나 넉살이 좋은 큰 눈을 가진
방앗간 외가댁에서 자라던 아이

갓 입학한 야간고등학교 하굣길 교통사고가
대문짝만하게 난 뉴스를 읽고 몇 달을
먹먹한 진공상태로 여고시절을 보냈다

나이 들어 저렇게 함께라니

두 백발의 손잡은 모습이 단발머리 여고생 같다
나도 순선이 불러 하얀 머리 날리고 싶다

기억 · 25

아무 말도 못하고
눈만 깜빡거려 감정을 읽을 수 없다
저분이 정신이 있는지 없는지 의심이 들 때가 많다
살아 있으면서도 죽음 같은 고요다
깊은 물웅덩이 표면에 살랑이는 실바람 같다

작년 이맘때만 해도 고운 핀을
언제나 머리에 꽂던 예쁜이 할머니
저렇게라도 사그라지나 하고
그의 깊은 눈 속을 들여다본다

죽은 듯 고요 속에 정신은 말똥말똥
본인이 하고픈 것에만 말을 거는
캐나다에서 올 딸을 기다리는 예쁜이 할머니
정신줄은 놓지 말아요

기억 · 26

금방 허물어질 것 같은 단발머리 할머니
아침 스트레칭부터 빠지지 않는다
물결 위 흔들리는 초가을 잠자리 같다

스트레칭도 의자 위에서 상반신만 따라 하더니
언제 왔는지 물풀에 앉은 물잠자리처럼
수영장에서 살금살금 걷고 있다

아침부터 끊임없이 꼬물꼬물
지렁이 기어간 흔적 같은
작은 그림 그리며 여기저기

점심때면 데리러 오는 건장한 할아버지
등 뒤에 고목에 앉은 매미처럼
나들이 하늘공원에서도, 장미정원에서도

겨울나무에 붙은 겨우살이 잎 같다
죽은 듯 눈 속에 자란 파란 잎처럼
지구의 자장처럼 살아가는 할머니

기억 · 27

마음은 모두가 가수다
연습에 연습을 거듭하며
선생님에게 지도를 받는다

머리가 까만 구십이 세 할아버지
가곡교실에 와서 따라 부르다
할머니 생각에 자주 울더니

어느 날 넉살좋은 입주 간병인이
매일 할아버지 손을 꼭 잡고 다닌다
얼핏 보면 부부 같은, 꼭 부녀지간 같다

육이오 전투경험도 들려주며
아니 금슬 좋은 노부부처럼
오목을 매일매일 둔다

오늘은, 양복에 멋진 목도리를 하고
'꽃을 든 남자' 를 부르는 할아버지
할머니는 이제 잊어버린 거죠?

기억 · 28

오늘은 주야간 간병인이 쉬는 날인가
대타 간병인이 왔다
옥상에서 걷기를 시키는데 보기에도 딱하다

칠십대인 나도 힘들어 두어 바퀴 돌다
그늘에 앉아 쉬는데 구십이 세인 할아버지를
걷다 힘들어 앉겠다는데, 소 끌고 가듯 당긴다

나중에 의자에 주저앉고야 만다
그런데 조금 있다 또 독촉이다
억지로 또 끌려가다 털썩 앉는다

보다 못하여 운동도 좋지만 젊은 나도 힘든데
할아버지에겐 무리가 아니냐 하니
그녀 왈, 책임간병인이 운동 많이 시키라 했다나?

남의 손에 맡겨놓고, 주 간병인이 쉬는 날은 대타가 오고
한 번씩 근황을 간병인에게 물어보는 전화가 걸려온다
어떻게 죽을까 죽음을 너무 일찍 알아버렸나!

기억 · 29

언제나 무릎 밑까지 오는 치마를 입는 할머니
허리 구부러져 실버카를 밀고 다닌다
등 굽어 구부리니 치마가 더욱 올라간다

젊은 시절 뒤 터진 치마를 입었던 모양이다
중늙은이 얼어 죽는다는, 독 터진다는
이월에 치마 입고 나들이 간다

살랑살랑 보이는 팔순 넘은 할머니 얄팍한 다리
꽃샘추위에도 아랑곳하지 않는 마지막 청춘
칠십은 엄살 아닌, 후끈이 끼고 사는데…

기억 · 30

있는 듯 없는 듯 실눈 할아버지
30분씩 줄곧 탁구를 친다

'꽃을 든 남자' 불렀던 할아버지의 간병인이
자기 할아버지보다 한 살 위 구십삼 세라 한다

여기는 있는 듯 없는 듯
가랑잎 같은 분들이 모여서 살아간다

온몸을 흔드는 할아버지를 보고
누가 '교수님 요즘 좋으시죠' 한다

겉으로 보아서는 도무지 가늠할 수 없는 지는 꽃
그래서 꽃도 열흘이면 진다 했던가

기억 · 31

'유리벽 사랑' 을 부르는 할머니
까만 정장에 연초록 스카프가 썩 잘 어울린다
젊었을 때 저 끼를 어떻게 참고 견디었을까

할아버지는 절뚝절뚝 걸으면서도
식당에서 앞사람이 조금만 늦어도
식판을 탁탁 밀치며 밀어낸다

무대에서 노래 부르는 걸
어찌 눈감아주었는지
할머니 한껏 간드러지게 노래 부른다

마음은 감정을 다 표현하고 싶지만
전하고픈 것은 마음뿐
갑상선이 아파 잘 안 된단다

할머니를 닮아 뭐든 잘하는
손녀가 변호사, 디자이너라 자랑하며
지금은 내가 이겨먹지 한다

기억 · 32

머칠인지도 모른다며
산송장이 따로 있나 하더니
샤워장에서 넘어져 응급실에 갔단다

그 좋아하던 술로 알콜성 치매라더니
돈도 카드도 다 뺏긴 채
하루 맥주 한 캔만 배급을 받던 할아버지
그 서슬 퍼렇던 성격도 다 죽었다더니
얼마 후 엘리베이터에서 만난 할머니

조금이라도 제정신으로 살게 하려고 했는데
이렇게 갈 줄 알았다면
그 좋아하던 술 실컷 줄 걸 한다

기억 · 33

깁스를 한 할머니가 입주하였다
허리는 땅을 물고 걸어다닌다
혼자 단독에서 살다 계단에서 굴러 떨어졌단다

언제나 땅을 물고 있는데 거기다
예의 갖춰 허리까지 굽혀 인사를 하니
보는 사람이 더 힘들다

면회 온 사람들에게 식비를 내겠다며
키도 닿지 않는 카운터 밑에서 실랑이를 벌인다
기어코 할머니가 매번 낸다

땅을 문 허리로 음식을 떠 가져와 많이 먹어라 한다
자식이 없다더니
아마 조카와 이웃 사람들인가 보다

찾아와 준 것만으로도 고맙다는 표신가 보다
독신자들, 늦은 결혼에 아이를 갖지 않는 청춘들
꼭 그들의 미래상을 보는 것만 같다

기억 · 34

허리를 땅에 물고 실버카에 의지한
할머니를 농협에서 만났다
오천원권 오십 장, 일천원권 오십 장으로 바꿔달란다

이제껏 돈 걱정해 보지 않고 살았다며
영감님 돌아가시고 서울대에 삼억 기부하고
조카들한테 나눠주었는데…

찾아오는 조카들은 하나도 없다며
미리 준 것에 대한 후회를
농협 직원에게 하소연한다

올 추석에 행여 조카들이 아이들 데리고
찾아 올려나 하며 돈을 찾는다
그래도 내 새끼지요

기억 · 35

손뜨개로 행주를 만들어 주던 곽 할머니
어느 날부터 보이지 않는다
죽는 것도, 이사 가는 것도
이곳에는 한순간에 이루어진다

여행에서 돌아와 자주 보던 사람이 안 보이면
영원한 집, 살던 본인의 집으로 가고 없다
문 앞에 관리비 고지서가 여러 개 꽂혀 있으면
계약기간은 남아 몸은 갔으나 짐은 떠나지 못한 경우다

작년 가곡발표 때
'해는 져서 어두운데 찾아오는 사람 없어' 하며
올라가지 않는 것을 억지로 올려 부르면서
진땀을 내던 그 모습이 눈에 선하다

딸집에 갔는데 전화를 받지 않는단다
모두가 '말할 수 없는 병에 걸렸는가 보다' 한다
계약기간에 얽매여 고액의 관리비만 나가는
늙은이의 비싼 세금

기억 · 36

피부가 하얀, 머릿결 고운 할머니
귀에는 달랑달랑 진주 귀걸이 달고
겨우 난간을 잡고 온탕으로 들어온다

팔십 훨씬 넘은 나이에도 저 모습인데
젊었을 때는 얼마나 멋쟁이였을까
스트레칭할 때도 진주 긴 목걸이 걸고 나온다

대부분 한 아름 안고 사는 아래 똥배도 별로 없다
저렇게 곱게 늙어갈 수 있나 하였는데
어느 날 헬스장에서 자전거 타기를 하고 있다

건강은 거저 주어지는 게 아닌가 보다

기억 · 37

진주목걸이 할머니
귀걸이 한 멋진 모습은 그대로인데
이듬해 합창단 교실 뒤편에 앉아 있다

아마도 여기가 즐겨 찾던 곳으로
기억하나 봐?
겉으로 보기엔 아무도 쉽게 알아차리기 어렵다

그 모습 그대로 살아 주이소
얼마를 더 잊어버려야 되는지
차라리 모르니 행복할지도…

기억 · 38

무릎이 시려 식당에 담요를 갖고 오는 할아버지
오늘도 지하 인조정원에서 맨손체조를 한다

조금만 해가 나와도 옥상을 드나들고
하나 둘 구령 붙이며 체조는 언제나 혼자다
힘들이지 않는 듯 보이나 운동이 보약인 것 같다

요즘 세상에 저런 효자효녀를 둔 분도
드물다 하고 부러워 하였는데
24시간 간병인을 데리고 사는 사람

남편 등살에 겨우 스트레칭 따라다니는 할머니
습관이 운명을 좌우하는 거울들이 모여 산다

기억 · 39

복지관에서 영어수업을 마치고 점심을 먹는데
실버타워에 같이 사는 형님이 와서는
모두가 잡담을 하고 있어도

책상에 앉아서 열심히 무얼 쓰기에
다가가 보니 기초 영어 노트에 알파벳
쓰는 모습을 보고 깜짝 놀란다

모두에게 점잖으신 어른으로 통하는 분이다
여기서도 저 형님은 말이 없고 얌전하다 한다
항시 공손함이 몸에 밴 분이다

삼백여 명의 노인들이 사는 이곳에는
서울대, 연대, 고대, 육사, 이대, 경기여고 등
지방 명문학교, 어지간해선 명암도 못 내놓는 곳이다

학식이 많다, 똑똑하다 등 다양한 말은 하지만
유일하게 점잖은 분이라 불리는 분은 이분이다
타고난 천성은 못 바꾼다더니…

기억 · 40

주어도주어도 주고 싶은 마음이 부모 마음이라더니
환갑을 지난 아들 식구들과 여행을 가도
경비를 엄마가 다 쓴단다

'형님 그러지 말아요'
준 것만 해도 엄청난데 무얼 그리 못줘 안달이요
아들을 쓰게 하면 짠하다며 그렇게 휴가를 갔다 오는 분

구순 기념으로 오빠와 남동생과
연금 받는 오빠는 여동생 축하잔치로
울산 고향과 남해 한 바퀴 돌아왔단다

연금이 고갈된다, 의료보험이 고갈된다
남의 나라 말이 아닌 때가 올 것 같다
이육사 시에서처럼 백마 탄 초인이라도 나타나길…

기억 · 41

구순잔치 여행 다녀온 할머니
둘째 아들이 어렵게 평사원으로 들어가
지금은 S통신사 부사장이라며
보너스로 이곳의 보증금을 냈단다

맞아들 몫까지 다 해서
'형도 없는데 무슨 구순잔치냐' 하여도 등 떠밀렸다
큰며느리도 매달 용돈을 보내오는
요즘 보기 드문 효부, 효자다

입주할 적에 이 사정을 알고
이곳 실바타워 사장님이
제일 복 받은 분이라 하였단다
자식이 잘 되었으니

네, 맞아요

기억 · 42

이북에 고향을 둔 아흔 살 할머니
영하의 날씨에도 매일 탁구장에서
젊은 간병인과 탁구를 친다

칠십대 후반의 남자와 쳐도 이긴다
승부근성이 높아 게임할 때처럼 세게 친다
외모도 칠십대 후반 같아 '나이스 볼!' 괴성까지 지른다

주식으로 수입도 생겨 재미있다는데
경남이 본적인 나는 동화은행 설립 때
공모주를 샀다가 은행이 없어져 백지가 되었다

햇빛나면 옥상에 올라가 게이트볼 게임을 하는데
칠십대는 겨우내 추워서 옥상에 갈 엄두도 못 낸다
그래도 몇 노인들은 햇볕 쬐러 옥상을 드나든다

기억 · 43

가곡교실에서 배운 솜씨를 뽐낼
크리스마스 전에 가곡발표회가 있다
한 달간 개인 레슨을 받는다

단원은 젊을 때부터 성가대를 한 분
군악대에 있었던 분, 음악교사였던 분
아들딸을 성악과 피아노를 전공시킨 분들도 있다

연세가 있어도 모두가 한 가닥 하던 분들이다
화려한 드레스로 무대화장을 하고 귀걸이까지
치장을 하고 나니 젊은 주부합창단 같다

봄, 겨울 가곡발표회는 자식들이 오는 사람
손자가 오는 사람, 외국에 자녀가 있는 사람은 혼자다
작년에 그렇게 화려했던 분이 낙화되어 가신 분

여기는 가는 사람에게는 관심이 없다
젊었을 땐 집들이 초대가 있었지만
오늘 눈앞에 산자만 생각한다

기억 · 44

벌거벗은 우리나라 산을 푸르게 만든
나무박사 한○○ 님

형님 가시고 조카들 셋까지
나무 키우듯 공부시켜 교수로 만든

나무도 사람도 키운
친구 삼촌 나무박사님

신혼 때부터 조카들 시중들던 마나님
암으로 보내고

골프연습장, 러닝머신 위에서
건강한 모습을 보고 안도한다

인터넷에서 레시피를 보고
마늘장아찌를 만들었다 하신다

자식에게 신세를 안 지는 게 맞는지?
노인은 참으로 어렵다

기억 · 45

용기를 내어 살금살금 물잠자리같이
다니는 할머니께 인사를 해도 무반응이다
왠지 나 혼자 중얼거리는 것 같다

그 후부터 말 걸기가 쑥스러워
더구나 표정도 읽을 수 없는 분들에겐
그냥 넘기는 때가 많다

그런데 딸이 와서 나란히 손잡고
시네마 홀에 영화 보러 간다
아마 영화 상영시간엔 감동을 느낄지?

자식은 삶의 원천이며 희망인가 보다

기억 · 46

햇볕 쬐려 옥상에서 자전거를 타는
은빛 바퀴 위의 할아버지
조기매운탕, 생태탕이 나오면
한 뚝배기 더 달라 한다

오늘도 훈제 오리볶음이 나와서
더 어떠냐 하니 이미 먹었단다
수영장에서도 힘차게 수영을 하며
LG 트윈스 팬이라 야구 보느라 늦게 잤단다

평소에는 전동차를 타며 지팡이에 의지한다
노블레스 1호 입주자 할아버지
열정의 자전거 페달이
오늘도, 옥상 인조 잔디 위에서 쌩쌩 달린다

제3부

다시, 기억記憶

기억 · 47

선하게 생긴 할머니가 입주하였다
볼 밑으로 내 엄마를 보는 것 같다
엄마한테 잘못한 기억들이 주마등처럼 지나간다

매일같이 한상床에서 밥 먹는 이들에게
커피 시중을 들어준다
매일 반복되니 당연한 일처럼 대접 받는다

옆 테이블에 다리가 불편한 할아버지
나보다 연장자, 불편한 사람에게 찾아와
매일 커피 시중을 들어준다

어느 날 애기를 보더니 다가와서
나를 싫어하는 아이는 없다고 한다
그러면서 남의 애기 넷을 다 키웠단다

그저 착하기만 한, 몸에 밴 배려가
간병인보다 한결 따뜻하다
열심히 산 당신은 참으로 위대합니다

기억 · 48

매일매일 그렇게 시중들다
노부부 댁에도 마실을 다니더니
어느 날 1층 홀에 노부부만 보란 듯 앉아있다
조금 떨어진 소파에 홀로 그 할머니가 앉아있다

뒤따라 다니면서 영감한테 소리 지르는
여편네가 어디 있냐며 궁시렁댄다
몸에 밴 친절이 불러온 화근이다
부처도 시앗에게는 돌아눕는다더니

팔십 세가 훨씬 지난 할머니의 질투가 눈에 엿보인다
오래 살아왔기에 잊는 것도 힘들다는
어느 할머니의 생각도 수긍해야 할까 보다
저 늙은 나이에 정이라도 나눠 받으면 안 될까?

기억 · 49

배를 한 아름 안고 휠체어에 탄 할머니
간병인에 겨우 의지해서 목욕탕에 온다
온탕에 들어오려면 한 차례 행사이더니

간병인의 몸무게가 3킬로나 빠졌단다
그 후 몇 차례 간병인이 바뀌더니
어느 날 할머니 배가 많이 들어갔다

이제는 본인이 머리도 감고
할 수 있는 건 손도 대지 말라 한다
왕처럼 부리던 그 성질 이제 내려놓았다

앞이마 약간 나온 논개의
그 아리땁던 아미처럼 귀티가 나는 진주 할머니
먼 훗날 그곳에 가면 을이 된다는 걸 아셨나!

기억 · 50

휠체어에 앉아서 유심히 한 사람 한 사람 살핀다
다리를 저는 할머니를 보고
영감 보내고 그렇게도 슬퍼! 다 늙어버렸군 쯧쯧…
본인보다 나이가 덜 먹은 사람인데
영감 가시더니 못 쓰게 되었단다

오늘은 휠체어에 앉아 하얀 모자 쓰고
지갑을 든 얌전히 모은 손에
남대문 수입상가에 간다
직접 눈으로 보고 사야만 직성이 풀린다는
깔끔이 할머니 행차시다

기억 · 51

– 어느 간병인 · 1

키가 훤칠하고 잘 생긴 할아버지는
노블카운티에서 6년 살다 왔다
처음엔 얼마나 살 수 있겠냐 하고 비싼 곳에 입주했는데
수명이 연장되니 이곳으로 옮겼왔단다
여기도 보통액수는 아닌데

그동안 없던 치매도 생겼다는데
겉으로 보기엔 멀쩡해 보인다
보호자나 간병인이 아니고선
아무도 알 수 없다

부부가 서로 아닌 듯 닮아 있듯
간병인들과 환자들이 어딘가 닮아 있다
구청 사회과에 근무했다는 그녀는
간병인 같지 않고 조금 튄다 싶더니

아침 체조에도 보이지 않는다
할아버지 자녀들이 그만 두라 하였단다
과거를 내려놓고 백세시대에 견뎌야
3모작 직장에 적응할 수 있나 보다

기억 · 52

자전거 타기를 하고 있는데
옆 할머니의 전화가 울린다
이산가족 면회를 신청하라는 전화란다

평소에는 미국의 손녀 대학 이름도 잘도 대더니
오늘은 내 한 몸도 힘들다며 담당자의 권유에도
오빠와 동생이 살아있지 않을 거라며 거절한다

나이 들면 혈육도 잊어지나 봐
그런데 부모자식은 찾고 또 찾는다
1寸과 2寸의 차이 1에게는 목숨을 내놓을 수도 있다

기억 · 53

언제나 새를 자식처럼
어깨에 목말 태우듯 앉히고 다니며
커피를 마실 때도 식혀서 새에게 먼저 먹인다
지하 정원에 새장 안의 새들의 먹이며
물 갈아주기는 신순자 님의 하루 일과다

탁구부며 합창부 총무를 맡아
단합 행사로 송년회식에도
야외 갈 때도 기사아저씨께
회원들의 안전 운전을 부탁하며
슬그머니 쥐어주는 당신의 손이 아름답다

거스름돈이 불편하다며 모두가 카드로 결제하는데
여기 실버타워 회원들의 나들이 때
종업원들에게 수고비를 건네주며
언제나 베풀면서 재산은 많지 않단다
쓴 것만큼만 내 돈이라 하면서도 실천하기가 쉽지 않은데

언제나 베푸는 그 손길에 아들이 잘 되어
공기업의 대표이사 되기가 그리 쉬운가요?

기억 · 54

다리는 아파서 실버카 끌고 다니는 할머니
한 번 노래를 들으면 음감으로
악보도 없이 하모니카를 잘도 분다
노년에 문화센터에서 배웠단다

하모니카로 들려주고 육성으로 또 부른다
육성은 넘지 못하는 고개가 여러 군데지만
손안에 든 조그만 하모니카로
존재감을 한껏 알리는 할머니

무슨 노래든 하모니카로 다 부를 수 있단다
몸은 실버카 자가용에 의지하지만
연분홍색 립스틱으로 한껏 멋을 부린
가곡 시간만은 청춘이다

기억 · 55

이곳은 모두 본인이 움직일 공간만큼에서 산다
둔 곳을 모르고 의심할 수도, 받을 수도 있어
서로 깜박깜박하기에, 옆집을 드나들지 않으며
로비나 햇빛정원, 공동장소에서 만난다

몇 사람은 눈동자 표정을 읽을 수 없다
한 할머니는 과일을 사오다 한 개 줘도 눈만 깜박인다
다음 날도 그 다음 날도 슈퍼에 앉아있다
엘리베이터에서 만나면 인사를 해도 무반응이다

가게가 문 닫을 때 자두 한 알 들고 할머니 퇴근한다
감긴 듯 깊숙한 눈에 빤히 기억이 있나 보다
앗! 다음날 내 눈을 의심했다
농협에 갔더니 만기된 저축을 재예치하고 있는 것이 아닌가

나이 들면 속엔 구렁이가 들어앉고
하나의 도서관이라더니
이곳에는 삼백여 도서관이 매일 책을 읽는다

기억 · 56

오뉴월에 튀기는 차가운 물도
남이 튕기면 거슬린다
지치지도 않느냐 물으면 힘으로 하나 하는
팔십이 넘은 노익장이 있다

발차기를 유난히 힘차게 한다
사방에 물이 튀어 며칠을 보아오다
발차기 조금만 살살 해 달라 부탁을 하니
왈 '물이 싫으면 수영장에 들어오지 말아야지'

듣는 순간
어쩌면 저렇게 당당하게 살아왔을까
거리낄 것 없이 살아온
당신의 삶이 한편, 부럽습니다

기억 · 57

– 어느 간병인 · 2

사우나 온돌 대리석 위에서 유난히
온몸 스트레칭을 하는 이가 있다
젊고 아름다운 몸매를 유지하기 위한 몸부림이다

넉넉한 시간을 소유한 스포츠 회원인가 했더니
간병인이라며, 할머니는 취침중이란다
주객전도로 정말 한가한 사람이다

며칠 후 들린 소문은
치매할머니에 욕창이 났단다
매일 간병엔 무신경이더니

모두가 남의 일이라 말하지 못한다
부모를 실버타워에 맡겨두고
가끔 들르니 간병인 통치세상이다

운동도 할 수 없고 아무것도 모르는데
'요양원으로 모시지 하는 사람, 돈은 많은가 봐' 하는 사람
남의 일이 아닌 우리 모두의 일이라면서도
우리는 침묵한다

기억 · 58

수영장에 낯선 얼굴의 한 사람
스포츠 회원처럼 씩씩하게 수영을 한다
오리발을 끼고 이리 휘청 저리 휘청하니
다칠까 봐 두렵다

뒤따라 접형으로 따라간다
조금 늦게 도착하니 한 라인에서만 수영을 하란다
접형은 양팔을 벌려야 해서 어쩔 수 없다니까
수영코치께 물어보잔다
코치 왈 '접형은 하지 말란다'

의기양양해서 나간 그녀가 한증막에 있기에
온탕으로 가려다 그곳으로 들어갔다
조금 전 그 일을 대화로 풀어야겠다며
일부러 왔노라 하였다

여기서는 조금씩 양보하며
서로를 배려하자며 화해를 청하니
뒤끝이 없다며 명의名醫도 알려준다
우리는 그렇게 옷 벗고 서로를 알아간다

기억 · 59

탁구장에 갔더니 어제 그녀가 와 있다
배우러 왔다며 똑딱거리며 치고 있다
우리는 탁구 초보 동지
어제 화해의 손이 톡탁 톡탁 춤을 춘다

0.5g 공이 한韓, 중中의 물꼬를 트고
한韓, 중中 선수가 결혼을 하고
곳곳에 친선의 아름다운 소리
오늘도 톡탁 톡탁

기억 · 60

평소 조용하던 이곳이 명절이면 시끌벅적하다
혼자 살기에 알맞은 작은 평수가 인기다
명절 때만 부모의 존재가 확인되는 곳

어느 자녀 집에 부모를 모셔 명절행사를 치르면 좋으련만
꼭 이런 때만 부모 계신 곳이란다
동기간에도 내 집을 오픈하기 싫은 세대들이다

허긴 혼밥하는 세상에 무리한 바람인가
텔레비전 화면엔
귀향 차들이 긴 꼬리를 물고 간다

기억 · 61

언제나 가발을 쓰고 단정한 모습으로
작은 들꽃을 좋아하는
나이보다 열 살은 젊어 보이는 김 형님

시장에서 들꽃무늬 천을 사와
손에 잡히지도 않는 조그만 바늘로
손수 만들어 스카프를 나눠준다

작고한 남편 그림을 한 점씩 팔기도 하고…
스웨덴 사위를 둔, 딸은 재미화가로
대한민국대전 화가 상도 받았다

2년이 지나 재계약을 해야 하는데
생활비를 딸에게서 받아 관리비 내면 빠듯한데
올려줄 돈이 없다고 고민을 한다

사위가 반대한다며 고민 끝에 의정부 1호선 지나
서울로 교통이 편한 곳에 24평을 사서 수리를 하면
남는 돈이 얼마 안 된다며 또, 고민하고 있다

딸이 아무리 말려도 고집을 꺾을 수 없다기에

'형님 가발을 벗고 자신을 똑바로 직시해 봐요
아프지 않고 죽는다는 보장 있어요' 했다

딸은 엄마 고집을 꺾게 해줘 고맙단다
너무 직언으로 충고한 게 못내 마음에 걸리지만
가발벗은 모습을 본 게 내 죄다

기억 · 62

동서지간이 함께 살며
언제나 아랫동서를 졸졸 따라다닌다
식당에는 혼자 와서 먹고
갈 때는 호수를 몰라 데리러 온다

가곡교실 수업은 맨 앞자리에서 열심히 따라 부른다
잘 부른다며 선생님의 몇 번 권유에도 언제나 거절한다
간식은 매번 먹고도 동서가 한 번 내려니
화를 내며 취소하라는 할머니

이름만 대면 알 만한 ○○전기 회사의 마나님
곳간에서 인심 난다는데
과거는 기억하나 최근 일은 깡그리 잊어버리는 병
되묻고 되물으며 기억이 말라들어 자식들도 모르는 병

위대한 지성도 마비되는 무서운 병
점점 말라가는 의식과 인지능력
인성이 작동할 때, 비로소 사람다운 사람이다

기억 · 63

– 작은 새 · 1

탁구장 가는 길 아침마다
작은 새와 인사 나눈다 꾸르르 꾸–
날개 쭉 펴 한껏 고운 색깔 내게 자랑한다

두 놈이 질세라 서로
꾸꾸르– 꾸 꾸꾸르– 꾸 노래한다
신선한 아침 인사다

옆 새장엔 노란 앵무새 한 쌍
이놈은 한 놈만 나와서 인사한다
새침데기 암놈은 나오지 않는다

지하 2층은 새들의 노래로 싱그럽다
오늘도 새들과 눈 맞춤하러 들여다보니
한 놈이 일어나지 못하고 누워 있다

요즘 공사로 벽을 헐더니 먼지를 마셨나
아침마다 날개 쭉 펴 자랑하더니
혼자서는 춤출 수 없다며 콕콕

기억 · 64

– 작은 새 · 2

짝 잃은 작은 새
몇 날을 앓더니 오늘은 모이도 쫀다
날갯죽지 펴보라 얼러본다

예쁜 날개 펴보라 해도
아직 때가 아닌가 봐
제집에서 얼굴만 뾰족이 내민다

'혼자 씩씩하게 살아가야 돼'
일러두고 발걸음 옮긴다
며칠 지난 아침 드디어 날개를 편다

이곳에 할아버지 떠나보낸 뒤
며칠을 앓다 나오는 할머니 같다
사람과 동물의 이별이 뭐가 다른가

어제는 잊어야 산다며
산자의 하루가 시작되는 아침
스트레칭 안내방송이 흘러나온다

기억 · 65

– 작은 새 · 3

막 모이를 먹은 모양이다
제 밥통 그릇을 쪼고 있다
'잘 잤니' 하고, 새장 안을 들여다보니

알아듣는 듯 고개를 빼서 눈 맞춘다
너 아름다운 날개 활짝 펴 봐
탁구장 가는 길 서로 인사한다

알아들은 듯 큰소리로 꾸르르 꾸르르–
제 짝의 흔적은 잊었을까, 아니 잊은 척할 거야
발길을 돌리니 더욱 크게 꾸꾸꾸

말동무해 달라 꾸꾸르
다시 걸어가 손을 내미니
반갑다고 내 손을 콕콕콕

언제나
나도 너를 이렇게 만나고 싶구나
꾸르르 꾸르르–

기억 · 66

— 작은 새 · 4

새장 안에 같은 종의 친구가 왔다
첫날은 어색한 듯 보고만 있어
잘 지내라 일러두니 아는 듯 꾸꾸꾸

삼일이 되는 날 나뭇가지 위에
나란히 앉아 서로 등보이며 꾸꾸르
날개 펴 흔들며 고운 색깔을 자랑한다

저 새들도 잊어야 산다는 걸 알았나 보다
옆 새장에서도 새로운 짝을 만나 꾸꾸꾸
새침데기 노란 새는 수줍은 듯 숨어들며 꾸꾸르

언제나 안방을 지키더니 새 친구에게 내어주고
그 수줍던 얼굴을 빼족이 내민다
저 새들도 공생을 아는가?

기억 · 67

구십삼 세 되신 이금옥 님이 입주하였다
영문학자이던 남편 손발이 되어
평생을 곁에서 번역물을 거들었단다

그 내공이 쌓여 쓴 시가 주부공모전에서 상을 받았다는데
이별을 꼭 경험한 사람처럼 쓴 시라서
조심스럽게 여쭤보니 몇 해 전에 가셨단다

간접경험도 저렇게 천연덕스럽게
본인의 체험처럼 엮어내다니
그 많은 세월이 그냥 지나간 게 아니지
지독한 체감에서 튀어 나온 게지

수많은 밤하늘이 그냥 반짝인 게 아니지

기억 · 68

일주일에 한 번씩
박물관, 식물원, 대공원 등 야외로 간다
'어느 자식이 데리고 가 주나' 하며
보통 땐 그냥 바람 쐬러 간다

장미공원에서는 활짝 핀 꽃을 보며
마지막 남은 불꽃을 사진에 담기도
꽃 지는 것을 본인과 비유하며
활짝 피어 있을 때를 날 잡아 간다

김구공원, 서대문형무소에서는
몸소 겪은 그날들을 생생히 기억하는 사람
모든 것을 잊어버린 양 눈만 껌뻑이다
불현듯 지난 일을 기억해 내는 사람

다들 피차를 넘나들다 어느 날 훌쩍 떠날 것이다
거의 다 잊어버려도 셈만은 밝은 사람
치매등급 테스트를 하면 100에서 7을 빼고
또 빼도 계산만은 틀리지 않는다

가진 자의 뇌는 셈에도 밝은가 보다

기억 · 69

이곳에서 가장 행복한 분이 있다
왜냐고 물어 보니 자식이 잘 되어
관리비와 부모 용돈을 대주는 그 댁이
가장 보기에 좋다고 말한다

옥상에서 그 분을 만났다
사장님은 자제분을 얼마나 잘 키웠으면
'효자 아들을 두었다 소문이 자자해요
나는 아들 둘을 대학을 보내지도 못했어요'

아들 가게를 소개해 준 부동산 사장이
장로님 딸을 중매했는데 대학원까지 나왔단다
장인도 대단한 분이지만 요즘 장롱 속에 묵혀 두어도
간판을 따지는 세상에 아버지에 그 딸이다

혹자는 자식에게 신세를 안 진다
큰소리치지만 그것 몽땅 허풍이요
부모보다 자식이 잘 되면 그보다
좋은 게 어디 있소

제 4 부

또 다시, 기억記憶

기억 · 70

무슨 날이면 자식 집에 부모 모셔다
형제들이 오순도순 둘러앉아
하루를 보내기가 그리도 어려운가

어떤 댁은 압력밥솥을 들고 오는 사람
부모는 자식 열을 키웠는데
열 자식 부모 한 사람 못 모신다더니

남편이 가시니 재산도 자식에게 넘겨야 된다며
윗목을 지켜도 살아만 달라던 그 말
늙기도 서러운데 짐마저…

묵묵히 평생을 탱화만 그렸다던 법사님이
가는귀를 잡수셔 걱정이라기에
시끄러운 것, 듣지 않고
눈꼴 신 것, 보지 않게 속 편하라 점지한 건 아닐까

명절이면 딸 둘도 오빠 집을 친정이라고 찾으며
다 부처님의 은덕이란다

기억 · 71

자식은 부모를 버려도 부모는 평생 자식을 끼고 산다
뇌성마비를 가진 노총각 노처녀가 있다
처녀는 지체가 조금 부자연스럽고 총각은
아리숭한 아이큐를 가졌다

게이트볼의 코치를 받았던 만남으로 나에게 속마음을 털어놓는다
노인 분들이 짝을 지어주면 좋겠다고 제안을 했나 보다
내가 왜 비뚤비뚤 걷는, 시부모 시중도 못들 사람과
결혼을 하느냐며, 같이 나가면 창피할 것이란다

만날 때마다 그 이야기를 꺼낸다
같이 아파트에 살았던 친한 분 아들이 뇌병변이라
교회에 데리고 갈 때마다 약을 먹여 무슨 약이냐고 물어보니
성 억제제라며 한숨이다

못난 자식이 선산 지키며 부모 봉양한다더니
그나마 외로운 부모와 함께하니 효자가 아닌가
그 아리숭한 육십 아들 앞으로 재산을 남겨두었으니
부모가 가고서도 잘 살길 바란다

오늘도 게이트볼 케이스 어깨에 메고 경기장으로 출근을 한다

기억 · 72

옥상에서 외롭게 혼자 다리를 끌며
한발 한발 옮기는 노인의 하소연이다

아들 장가 들여 신혼여행에서부터 돌아와
새살림 차려서 따로 살았는데

아들 먼저 가니
본인이 죄인 같아 며느리 볼 면목이 없단다

잘 되면 저희들이 잘 났고 잘못 되면
부모는 죄인이 된다고

기억 · 73

숨은 솜씨 자랑 작품전시회 때
뜨개질인형, 종이 인형, 꽃수 골무, 서예, 그림
그 중 수를 놓은 대작 8폭 병풍이 전시되었다

한 땀 한 땀 예사 솜씨가 아니다 하며
주인공을 찾는데 의외로 덩치가 있는
가요발표회 때 처녀처럼 치장한 분이다

집에 상주常主 식모가 있을 때 본인이 수놓은 것이란다
언제나 긍정적인 분이다
영감님 사업실패로 딸 대학보내기가 힘들 때
일류대학 아니면 안 간다는 딸을
등 밀어 보냈더니 교사가 되었단다

이젠, 딸의 도움으로 살아간다는 속사정을 털어놓으며
사위가 중풍으로 누워 있는데 딸도 곧 정년이라며
제발 사위보다 먼저 죽어야 된다며 걱정이 태산이다.

기억 · 74

부인이 암으로 세상을 떠나면서 간곡한 부탁을 하는데
물려받은 땅은 형제들에게 나누어주자고
그러나 그 좋은 뜻은 받아지지 않았고
장례식장에서도 묵살되었다

부인이 가고 혼자 사는 오빠가 딱해
옆에서 살겠다며 텃밭을 팔라 하여
계약이 성사되었으나 돈이 없어 후불을 하겠다니
계약해지가 되었단다

조카가 위약금을 받아오라 하여 7백만 원을 배상해 주고는
자식들한테 말도 못하고 끙끙 앓다
뇌출혈로 쓰러진 채 방치되다가 현장을
부인이 다녔던 교회 집사가 우연히 발견했단다

골든타임이 지나서 수술을 하여도 인지며
이제 정상은 어렵단다 몸 상태는 돌아오지 않았다
한 달에 2십만 원도 생활비로 쓰지 못하고 모은 돈
통장에 1억이 예치된 돈으로 병원비를 쓰고 있단다

부모의 자식 사랑은 어디까지인가?

딸도 아들들도 다 살만하고 성공한 가정이다
콩 찹쌀 멥쌀 자식들에게 챙겨주던 그 일은 누가 하라고요
어서 털고 일어나 부인의 간곡한 그 부탁을 들어주어야죠!

다 서해안 땅값이 오른 죄다

기억 · 75

여행을 좋아하는 나는 외국으로 시집간
딸을 가진 사람을 부러워했다
외동딸만 있는 어느 분은 1년에
한두 달 독일에 머물다 온다

여기서는 일흔이면 색시다
아직 젊으니 먼 기행을 해도 괜찮다
어느 댁은 몇 년째 딸을 그리워하면서도
만나지 못하는 딸 바라기 할머니도 있다

삼십년을 미국에서 의사로 살다 고국으로 돌아온 댁은
얼마나 자식이 그리우면 공항에서 가까운
인천에 있는 실버타워로 옮겼을까
몇 분이라도 상봉을 앞당기려는 마음을 자식들은 알려나

기억 · 76

이곳에는 외국에서 살다 온 사람들이 많다
삼십년 사십년을 살다 와도 토씨 하나 틀리지 않는다
어릴 때 몸에 밴 언어가 얼마나 깊이 각인됐는지
연어가 회귀하듯 모두가 돌아왔다

2세들은 그곳에 두고, 1세들은 돌아올 고향이 있지만
3세들은 완전 동화를 이루겠지만
1세의 향수가 몸에 남아있는 1.5세들은
어디에서도 이방異邦인데

부질없는 걱정을 하다
앗! 참 여기
오늘 내일을 가늠할 수 없는 삼백여 개의
도서관이 사라지고 또 지어질 것이다

기억 · 77

주위에 젊었을 때 명문대학을 나온 분들은
거의 치매를 앓지 않는다
명석한 두뇌도 한몫을 하나 보다

1년 전에 입주할 때 건강한 분이
어느 날 어눌해져 믿기지 않는다
처음부터 IQ와 상관이 없는 것인지

끊임없는 노력과 절제된 생활규범인지
다 같이 명문대학을 나와도 치매가 온 사람
대다수보다 적은 숫자를 보면 수긍이 간다

'어머니 다음에 같이 살아요' 며느리가 말해도
뭐 나 혼자 살면 되지 했는데
여기서 살다 보니 갑자기

"즐거운 곳에서는 날 오라 하여도" 라는 노래가 생각난다

기억 · 78

멀쩡해 보이는데 알츠하이머란다
가물가물 기억의 늪에 잠겨가는
과거를 먹고 사는 잠시 전에 일은 잊어버린다

지난 추억만 먹고 사는 사람들이
하나둘 모여 사는 실버타워
늘 함께하는 보호자 외엔 분간도 못한다

그들을 보면 살아온 삶의 거울을 보는 듯하다
돈에 집착하여 부를 이룬 사람은
주고받은 돈의 액수는 정확하게 안다

조금 전 잊어버린 일을 상기시키기
위해선 주고받은 돈을 연관시켜 주면
깡그리 잊어버린 것을 기억해 낸다

돈의 힘은 죽어가는 뇌세포도 살려낸다

기억 · 79

1층 홀이 떠들썩하다
한겨레신문에 칼럼을 기고하던 할아버지
누가 사람을 시켜 본인을 몇 사람이 때렸단다

처음엔 신문에 뭔가 잘못 실려 무슨 일이 있었나 했다
1층 홀 탁자 위에 신문을 펼쳐 놓고 작업을 하는데
못하게 했다며 고래고래 고함을 친다

작년에도 신문과 책을 한 뭉치 들고 내려와
정리를 하고 종류 따라 분류하더니
뒤뚱뒤뚱 아기걸음으로 곧 넘어질 것 같다

우리나라 성씨를 연구하는 성균관대에 계신
친척 중 안상천 씨를 아느냐 물어보기도 했는데
능청스럽게 있지도 않는 일을 사실처럼 얘기한다

기억도 늙어 가는가 보다

기억 · 80

복지관에 영어 수업과 대형 스크린을
보며 팝송을 배우는 날이다

복도에서 낯익은 분이 보인다
일찍 오셨어요, 하고 인사를 한다

일찍 줄을 서야만
공짜로 이발을 한단다

재산도 넉넉하다는데,
살기 힘든 분들에게 양보하심이 어떨까요?!

기억 · 81

허리 구부정한 조 선생
혼자서도 여기저기
강화도에 집이 있어 가을걷이 갔다 온다

탁구, 게이트볼, 바둑판, 장기판에도 번쩍
아코디언을 잘 켜서
구청 장기자랑에서 상도 받아 온다

가는귀를 잡숴도 어디서든 일등이다
외손녀가 반주하고 할아버지 노래하는
실버타워 합창부 노랫소리, 피는 못 속인다

기억 · 82

정년을 맞은 교장선생님 부부와
퇴역한 군인 장성 부부의 입주다
60세부터의 즐거움과 90세 이후의 편안함이란

실버타워의 슬로건처럼
젊은 피의 수혈로 탁구장, 당구장
골프연습장 모든 곳이 활기에 차다

여기선 80대도 청춘이다
늙어서 오면 시설도 이용하지 못하고
비싼 관리비만 낸다며

늙은이가 너무 많다며 걱정하는 노인이
제 2의 인생을 시작한다
적당히 썩어서 돌아가는 게
제 2막의 삶이다

명命은 제각기의 몫이라며
손자 결혼식에 가는, 증손자를 보러 가는
실버타워의 낡은 그림자들

그렇게 그림자들이 점점 지워질 것이다

기억 · 83

자전거 타기 하다가도
남편이 가자 하면 멈추고
네, 하고 따라나선다

S대 동문으로 학교 가는 길
한눈에 들어온 여학생을 뒤따라간 곳이
문리대 생물학과 강의실 앞이었단다

1년을 강의실 앞에서 무작정 기다렸더니
말 한 마디 건네지 않아도
사랑하는 사이로 기정사실이 되었다는
믿지 못할 전설의 커플

처음 본가를 그려서 보여준 집은
아래채도 있고 그저 그런가보다 했는데
부산에서 결혼식을 마치고 처음 가는 시댁길
택시도 올라가기 버거운 영주동 산길을 꼬불꼬불

겨우 하루 밤을 보내고 서울로 돌아온 새댁은
맞벌이부부로, 살려고 헌집을 사서 개축했는데
열 배나 더 준다기에 팔았다며

그리고 또 지어서 팔고
유리창 외에는 남의 손을 빌리지 않고 지었다는
서울 부잣집 딸이 가난한 남편을 만나 또순이가 된 사연을 듣고
언니가 학과도 더 나은데 왜 절절매고 살아요? 했더니

친정에 아들이 귀하여 남동생을 떠받든 것이 몸에 배어
남편도 편모슬하에 외동아들이라니
제일 미안한 큰딸, 전학을 하도 많이 시켜서란다

그러나
요즘 젊은 여인들이 맞벌이한 데서 얼마나 당당한가

내 생애 제일 잘한 일은 장가 잘든 거라면서
그 사나이 지금도, 아니 저 할아버지 당당하시다
그런데 어디에서 그런 배짱이 나와요?

기억 · 84

새로 부임한 신부님 환영식 날
형님 신부님, 아우 신부님이 오셨다

어떤 이는 축복받은 가정이다 하는 사람
한 분이라도 대를 이었으면 하는 사람

어떤 이는 손자가 불교학을 하겠다니
다시는 집에 발도 못 댄다고 하였단다

요즘은 미국 최첨단 디지털 단지에서
파란 눈의 스님이 불교를 전파하는 세상에

백오십 장수시대에 인생 삼모작을 해야 된다는데
남의 일은 이렇게 쉽게 말하지만

민들레도 씨앗을 날려 보내는데…
종족보존의 욕심은 어쩔 수 없구나

특전 미사 때 풋풋한 청년신부님 강론을 들으며
이 화창한 봄날 저 청춘을 돌려보내고 싶다

기억 · 85

실버타워의 안혜환 스포츠 회원은
몇 년을 여기 입주민들과
프로그램을 같이한다

노인들이 어디가 가려운지
훤히 꿰뚫고는 한 달에 한두 번은
차에 태워 야외를 둘러온다

자식이 있어도 함께 나들이 가기란 쉽지 않다
바람을 쏘이고 오면 속이 뻥 뚫린다는 그 말에
숲속 물가에 발을 담그게 하기도

꽃구경도, 이름난 음식점을 들르기도
가려운 곳을 긁어주는 자신도 칠십칠 세다
조그만 일에도 축하 화분을 준비하는

죽을 때까지 수영 골프 탁구
운전대를 놓지 않겠다, 좋은 기억으로 남겠다며
육십이 년만에 찾은 스승을 뵈러 가는 뒷모습이 고와라

기억 · 86

노블레스 터줏대감 박학춘 님
새벽 4시면 일어나
지하 2층부터 곳곳을 살피고 다니더니
어느 날 119 타고 병원에 갔다

다행히 간단한 처치를 받고 퇴원하여
언제나 이곳저곳을 살피는 터줏대감
이제, 본인보다 잘 쳐서 탁구는 양보했다며
부인이 탁구 치면 그물망으로 공을 주워 준다

1층 홀에서도 남녀노소 누구나 이야기
친구가 되어 주고, 저녁때면 몇몇 분이 모여
그 좋아하던 막걸리를 입술만 적시는
시늉으로 건강을 챙겼는데

차례도 아닌데 이번에 대접하였다던
요양원에 계신 장모님께도 편지와 용돈을 보냈고
두 아들을 불러 모두를 정리하였단다

갈 것을 미리 알고 가뿐하게 떠날 수 있도록
여유를 챙겨놓고 재차 중환자실에 계신다기에

쾌유로 돌아올 줄 알았는데, 사랑하는 가족을 뒤로 한 채
이곳의 봉사는 부인에게 맡겨두고 가셨다

장례 뒤 무덤 위에 보슬비가 내린다

기억 · 87

언제 죽음의 그림자가
찾아올지 모르는 시간의 서성임에도
노블레스 합창단원은 노래 부른다

뒤늦게 숨어 있는 끼를 발산하는 사람들
노래 가사에 묻어나는 그리움, 젊은 날의 추억들
토요일 아침은 먼 과거로의 여행이다

최순화 단장님의 노래를
우리는 한 번도 듣지 못했지만
단원들에게 잘한다! 잘한다! 칭찬만 하는

우리는 여기서 양보의 미덕도 배운다

세부 모알보알 사막비취 · 1

— 스쿠버 다이빙을 하면서

바다 속을 스쿠버로 들어가 보고
파도에도 외로운 그늘이 있다는 걸
햇빛 드리운 바다에서 알았다

깊은 물속엔 어둡고 검은 물고기가 살고
얕은 물에는 반짝이는 물고기가
따뜻한 양수 바닷물에 부화를 하고

피라미떼 산호초 집에서
꽃같이 예쁜 물고기들이
숨바꼭질하는 바다 속 꽃동네

다음 생으로 또다시
내 온다면 바다 속 산호초 꽃길로
마실 나가고 싶었네

세부 모알보알 사막비취 · 2

— 스쿠버 다이빙을 하면서

물속은 별천지
여기 저기 물고기 몸통이
출렁이는 수채화 전시장이다

넓디넓은 바다가
안으로 안으로만 빚어낸
내밀한 저 황홀한 색깔

김환기, 한혜경, 천경자 화백이 그토록
담아내고 싶었던 그 색채가
저 바다 속에 있었네

깊은 파도가 밀려들어 너울져 구르면
펄쩍 뛰어오르는 포말들
바다가 빚어낸, 저 찬란한 풍경들

내 생애
저 바다 속 전시실에서처럼
꿈처럼 또 한세상 살고 싶어라

세부 모알보알 사막비취 · 3

— 스쿠버 다이빙을 하면서

거북이도 둥둥 일광욕을 즐기고
고래도 바깥세상이 궁금해 펄쩍 뛰어오르는

얕은 물속엔 알에서 갓 깨어난
피라미들이 꼬리춤을 춘다

정어리 떼들이 하늘의 구름처럼
헤쳤다 모였다 군무를 펼치고

물고기 몸통에 피어난 형형색색 무늬는
파도 장단에 너울너울 꽃춤을 춘다

하늘에도, 땅에서도, 바다 밑에도
또 다른, 한 세상이 있다는 걸
미처 몰랐다

세부 모알보알 사막비취 · 4

— 스쿠버 다이빙을 하면서

깊은 바다 속에도 계곡이 있다니
물고기 떼들이 돌 틈에 지느러미를 숨기고
때론 스쿠버 다이버 곁을 스치듯 장난이다

한참을 내려가니 큰물고기 떼들이
형 노릇하느라 깊은 숨을 고르며 등 내미는 걸 보고
바다 속에도 공생이 있다는 걸 보았네

육지의 꽃들이 산들바람에 나부끼듯
얕은 물속 색색의 산호초가 파도타기로 꽃 잔치하는
또 하나의 아름다운 세상이 있네

등산 배낭 하나 메고 산에 가듯
헤엄치러 수영장에 가듯이
내 마음과 몸을 자유롭게 놓고 가리라
또 한 생生 그곳으로

세부 모알보알 사막비취 · 5

— 스쿠버 다이빙을 하면서

그래도 궁금하다!
물고기가, 고래가
나도 역시
바깥세상이 궁금하여 펄쩍 뛰어오른다

사람들은 다음 세상이 궁금하여
그들이 믿는 종교에 따라
천당이
극락이
연옥이

믿음대로 되리라
믿음대로 가리라
그 미지의 세계로

이제 저 생이 두렵지 않다네
지으신 이가 어느 날 부르실 적에
'예' 라 대답하고 순명으로 가리다

이희숙 시집
실버타워 사람들
– 백오십세 인생, 그 아련한 시간여행
•
지은이 / 이희숙
발행인 / 김영란
발행처 / 한누리미디어
디자인 / 지선숙
•
08303, 서울시 구로구 구로중앙로18길 40, 2층(구로동)
전화 / (02)379-4514, 379-4519
Fax / (02)379-4516
E-mail/hannury2003@hanmail.net
•
신고번호 / 제 25100-2016-000025호
신고연월일 / 2016. 4. 11
등록일 / 1993. 11. 4
•
초판발행일 / 2017년 9월 5일
•

•
값 10,000원
•
※잘못된 책은 바꿔드립니다.
※이 책은 용인예총 창작 지원금을 지원받아 출판되었습니다.
•
ISBN 978-89-7969-757-5 03810